노을
건너기

천선란 소설 · 리툰 그림

노을 건너기

창비

차 례

노을 건너기

공효는 캡슐 알약 하나를 먹고 의료용 침대 위에 누웠다. 공효는 느끼지 못할 테지만, 몸에 들어간 캡슐이 녹으며 그 안에 있던 나노봇이 뇌로 이동할 것이다. 그렇게 꿈을 꾸듯 공효는 AI가 구현해 낸 어린 자신을 맞닥뜨릴 예정이었다. 정말 그게 가능할까? 공효는 의심을 가득 품고 눈을 감았다.

*

　그곳은 공효가 초등학생 시절 살았던 아파트였다. 두 집이 비상계단을 사이에 끼고 현관을 마주한 구조였다. 서향의 아파트 복도에는 저녁이 되면 창살을 통해 절단된 붉은 노을이 두 집 사이에 액자처럼 걸렸다. 어린 공효는 자주 액자 가운데에 서서 붉은 하늘을 노려보았다. 가랑이 사이에 실내화 가방을 끼워 두고 두 손은 책가방 끈을 꽉 쥔 채로, 저 먼 아래에서 들려오는 매미 울음을 들으며 말이다. 공효는 그때처럼 벽에 기대어 서서 노을을 노려보았다.

　창밖으로 진눈깨비가 흩날리는데도 지상에서는 매미 울음이 들려왔다. 기억에 의존해 구현되는 공간이다 보니 조금 엉망일 거라던 아키나의 말은 틀렸다. 조금이 아니라 헛웃음이 날 정도로 엉망진창이었다. 뜬금없이 계단에 앉아 있는 커다란 곰 인형만 봐도 그랬다. 저 인형은 공효가 고등학생 때 사귄 친구로부터 받은 백 일 선물이었다. 받을 때도 골치였는데 헤어질 땐 정말 네가 준 인형만이라도 도로 가져가 달라고 사정하고 싶었고, 빌라로 이사한 뒤 계단참에 며칠을 내놓았다가 벌레가 들끓는 걸 보고 바로 버려 버린 인형이었다. 그것이 이 아파트에 왜 있겠는가. 공효는 더 이상한 것들이 튀어나오지 않도록 눈을 찌르는 노을과 초겨울 매미 울음소리에 집중했다.

노을이 침범해 붉게 변한 집에 홀로 있는 것을, 어린 공효는 참 싫어했다. 아득히 멀어진 기억이

지만 그 감정을 완전히 잊은 것은 아니었다. 공효는 어린 공효가 노을을 바라보며 먹었던 불량 식품 사탕의 맛을 느꼈다.

앞집에는 아줌마라고 불러야 할지 할머니라고 불러야 할지 모르겠는 분이 살았다. 공효는 아줌마라고도 할머니라고도 부르지 않았다. 언제나 저기요, 하고 뭉개 발음했다. 그분은 주말 아침이면 공효와 공효의 엄마를 데리고 교회에 갔다. 공효는 그때까지 신을 믿지 않았다. 믿음의 필요성을 못 느꼈다. 지금은 공효가 부르면 언제나 곧바로 응할 신을 품고 있지만 그때는 아니었다. 그래서 다행이었다. 교회가 사이비라는 걸 알았을 때 공효의 엄마는 이미 독실한 신자가 되어 있었지만 믿음의 필요성이 없었던 공효는 빠지지 않았다.

교회는 엄마에게 많은 걸 주었다. 믿음과 동료, 희망, 새로운 아버지 같은. 엄마의 마음속에서 원래도 작았던 공효의 자리는 점점 줄어들다 나중에는 아예 방을 빼야 했다. 노을을 노려보던 게 신을 질투해서였나? 하지만 어린 공효는 신을 질투하지 않았다. 오히려 고마웠다. 아빠에 관한 기억이 없었기에 공효는 아빠의 빈자리가 슬프지 않았다. 아빠가 있는 다른 아이들이 부럽긴 했어도, 그건 빈자리를 슬퍼하는 것과 달랐다. 전자는 누구든 그 역할을 해 주면 그만이지만 후자는 그 사람이 아니면 안 되는 것이다. 다시 말해 공효는 엄마가 재혼하기를 바랐다. 다른 친구들처럼 용돈 잘 주는 아빠가 생기길 바랐지만 엄마는 '하늘에 있는 아버지'가 아니면 안 됐다. 공효는 실체 없는 새 아버지를 기꺼이 받아들였다. 용돈을 주지는 않았지만 엄마에게 웃음을 주었으므로 그럴 수 있었다. 종말에는 엄마를 빼앗겼지만.

나노봇이 뇌를 헤집어 기억을 들쑤시고 다니는 걸까. 기분이 좋지 않았다. 중력 가속도 내성 테스트나 저압 적응 테스트보다도 별로였다. 하지만 이 훈련은 육체가 느끼는 강도가 다른 훈련보다 현저히 낮을 것이다. 눈앞에 저승이 펼쳐질 일도, 누런 위액을 토해 낼 일도 없었다. 공효의 육체는 훈련장 침대 위에 누워 있었고, 지난번 심리 치료처럼 공포를 직면하는 것도 아니었다. 이번 훈련은 단순했다. 어린 '나'와 함께 목적지에 도착하는 것. 훈련이라 할 수도 없었다.

— 생각보다 쉽지 않을걸?

　아키나는 공효의 우주 비행사 동료로, 공효보다 먼저 자아 안정 훈련을 끝냈다. 그 뒤로 계속 공효만 보면 준비 단단히 하라며 훈수를 두었다.

　훈련을 만만하게 생각하는 공효가 걱정된다는 말도 했지만, 아키나는 원래 무슨 일이든 겁을 주며 놀리기를 즐겼다. 이번에도 그런 것이겠거니 하며 공효가 시시하게 반응하자 아키나는 평소와 달리 강조했다.

　— 진짜 쉽지 않다니까? 마음 단단히 먹어.

　하지만 아키나의 말이 맞았다는 걸, 이번에는 마음을 다한 충고였다는 걸, 공효는 키 154센티미터의 어린 공효를 만난 지 이십 분 만에 깨달았다.

아니, 사실 어린 공효를 엘리베이터에서 처음 마주한 순간부터 알았다. 어린 나를 마주하는 건 살면서 느껴 본 적 없는 낯선 감정이었다. 설명할 단어가 없어 표현할 수도 없는. 세게 묶은 양 갈래 머리 탓에 울긋불긋한 두피, 통통하게 오른 젖살과 희미하게 자리 잡혀 있는 쌍꺼풀, 뭉툭하고 넓은 콧방울, 볼살에 밀려 더욱 가냘파 보이는 얇은 입술과 왼쪽 볼의 점. 그리고 공효를 바라보는 뾰로통한 표정까지. 그건 어린 공효였다. 어설프게 재현한 것이 아니라 마치 쥐도 새도 모르게 발명한 시간 여행 장치로 과거의 공효를 데려다 놓은 듯했다.

안녕이라고 해야 할지 오랜만이라고 해야 할지, 아니 처음 보는 건가? 그런 인사를 고민하다 공효는 끝내 어떤 인사도 건네지 않고 어린 공효에게 손을 내밀었다. 공효는 어렸을 때 낯을 많이 가리고 숫기가 없었다. 눈앞에 있는 인간이 아무리 다른 자신이라고 해도 살가운 인사를 원하지는 않을 거였다. 공효 역시 그런 노력을 기울고 싶지 않았다. 나니까. 어차피 나니까.

공효는 어린 공효와 무즈타그아타산●에 올랐다. 엘레베이터를 타고 1층에 도착해 문이 열리자 눈앞에 설산으로 향하는 길이 펼쳐져 있었다. 공간 개연성 없이 시작된 1막에 당황스러웠지만 장소 자체는 실전 훈련을 했던 곳이라 익숙했다. 어차피 모든 공간이 공효의 기억에 저장된 곳일 테니 이렇게 높은 고도의 산길 위에 덩그러니 놓여 있는 이젤을 발견해도 공효는 한때 자신이 피카소처럼 대단한 화가를 꿈꾸던 시절을 떠올렸을 뿐, 그 이상

● 중국 신장위구르 자치구에 있는 해발 7,546미터의 고산.

의 반응은 하지 않았다. 공효가 정말 당황스러웠던 건 어린 공효의 행동이었다.

"가야 한다니까. 응? 벌써 이십 분 지났어."

공효는 무릎 꿇은 듯한 자세로 이젤 앞에 버티고 앉아 있는 어린 공효에게 사정했다. 하지만 어린 공효는 입술 양 끝에 볼이 밀려 나올 정도로 입을 꾹 닫고 그림 그리기에 몰두했다. 공효는 답답함에 손으로 머리를 움켜쥐었다. 하늘 어딘가에서 시계 초침 소리가 들려왔다. 이 훈련에는 시간제한이 없었다. 아키나가 현실에서 잠들어 있던 시간은 여섯 시간이었지만, 훈련에서 보낸 시간은 열흘이라 했다. 그러니 이 시계 초침 소리는 공효의 초조함이 만들어 낸 환청일 터였다.

어린 공효가 정말 그림다운 그림을 그렸다면 얼

추 마무리될 때를 짐작이라도 하겠는데 그런 것도 아니었다. 뭉툭한 연필심으로 쓰는 건지 그리는 건지 구분되지 않을 정도로 작게 끄적였다. 이건 일종의 시위였다. 공효는 어렸을 때 무언가 마음에 들지 않으면 입을 다문 뒤 자신이 만든 마음의 방에 들어갔고 기분이 풀려야 나갔다. 마음이 풀리는 기준은 없었다. 원하는 걸 얻거나 사과받을 때도 아니었다. 그야말로 제멋대로.

뒤를 돌아보면 시야 끝에는 아파트가 레고처럼 보였고 가야 할 목적지는 아직 아득했다.

"사람 미치게 하네, 이게."

공효는 나지막이 내뱉고 자리를 비켰다.

너는 가끔 사람을 미치게 해. 진절머리 난다는 듯 외치던 엄마의 말이 이제야 이해가 갔다. 원하는 것이 있어도 말하지 않고 상대방이 알아줄 때까지 눈치 주는 아이, 크게 드러나지는 않지만 어딘가 묘하게 음침한 구석이 있는 아이. 그게 공효였다.

엄마는 술만 마시면 네가 이렇게 말 없고 조용한 것이 다 아빠 없이 자라서라고 했지만 틀린 말이었다. 아빠랑 사는 애들이 다 말 많고 활달한 것도 아니었고 잘 살펴보면 아빠랑 말 섞기 싫어서 집에서는 방 밖으로 나오지 않는다는 애들이 더 많았다. 엄마 역시 외할아버지와 데면데면한 사이였으니 공효의 음침함이 아빠의 부재에서 비롯되지는 않았다는 걸 진작 알았을 거다. 그냥 인정하기 싫었을 뿐이라고 공효는 생각했다. 다른 집 딸처럼 서글서글하고 친구 같은 딸일 줄 알았더니만 남들은 들어가지도, 이해할 수도 없는 세계에 갇혀 입을 다물어 버린 딸이라니. 여러모로 배에 도로 집어넣어 재조립해 낳고 싶었을 거였다. 한마디로 성격 뽑기를 잘못했달까.

저대로 컸다간 사회에서 친구 한 명 없는 사람이 될지도 모른다고 교회 자매님들에게 걱정을 토해 내자, 그들은 조금 더 자라면 서글서글해질 거고, 아버지가 그렇게 해 주실 거라고 엄마를 달랬다. 그렇게 공효는 엄마의 믿음을 한 지층 더 두껍

게 했다. 고등학교에 들어가며 공효가 집에 친구도 데려오고 애인도 사귀었으니 말이다. 공효는 자신이 새 아버지의 은총으로 바뀌었다고 생각하지는 않지만 엄마는 그렇게 믿었다. 아니라고 반박하고 싶었지만, 마땅히 그럴듯한 다른 이유도 없었다.

시간이 꽤 흐른 것 같은데 하늘은 여전히 파랬다. 산봉우리에 걸친 구름도 그대로였다. 공효는 구름을 유심히 바라보다, 하늘이 그림처럼 멈춰 있다는 것을 깨달았다. 바람 한 점 불지 않았다. 들리는 소리라고는 어린 공효가 스케치북에 긋는 연필 소리뿐이었다. 아키나는 밤에 나른하게 온천욕을 즐겼다고 했는데 이곳에는 밤이 올 기미가 보이지 않았다. 어쩌면 아키나가 구현한 세계와 공효가 구현한 세계는 다를지도 모른다.

공효는 다시 어린 공효 옆에 섰다. 연필을 힘껏 쥐느라 꺾인 관절이 하얗게 질려 있는 어린 공효의 손이 보였다. 연필을 세게 쥐던 버릇이 있었다. 연필뿐만 아니라 무엇이든 세게 쥐었다. 실내화 가방도, 피구 공도, 안경다리도, 친구 손도. 힘을 너무 세게 준 탓에 손톱이 손바닥을 파고들고, 공을 잡다 손톱이 빠지고, 안경다리가 부러지고, 친구와 절교했다. 나 아프게 하려고 손 꽉 잡는 거지? 하고 울음을 터뜨리던 친구의 이름이 지솔이었던가. 열한 살 때 미술 학원에서 처음 만나 반년 동안 꽤 두터운 우정을 쌓았지만 그날을 기점으로 멀어지다, 다른 무리와 어울리며 서로 인사조차 주고받지 않는 사이가 되었다. 하지만 어린 공효는 그 후로도 꽤 오랫동안 지솔과 다시 친해질 거라 믿었다.

안타까운 짝사랑이었다. 지솔이 공효의 뒷담화하는 걸 들으며 끝이 났으니. 살며 숱하게 많은 사람과 싸우고 연을 끊었지만, 공효는 언제나 초등학교 5층 화장실 칸에서 들었던 지솔의 말을 잊을 수 없었다.

그냥 싫어. 같이 있으면 짜증나.

구체적인 이유가 있었다면 거기에 얽매여 살았겠지만 오히려 그쪽이 더 나았을 것이다. 공효가 이후 십 대의 인맥을 모두 망친 데에는, 작은 말실수 하나에 밤을 새우는 것에는 지솔의 공이 컸다. 그래도 공효는 지솔을 미워하지 않았다. 공효는 타인을 미워하는 일이 자신을 미워하는 것보다 더 어려웠다. 그래서 차라리 모든 걸 자기 탓으로 돌리는 게 편했다.

손톱이 파고들던 어린 공효의 손바닥. 한동안 살이 까져 피가 나고, 딱지가 앉았다가 굳은살이 되었던 그 자리가 이제는 없다. 어느 순간 세게 쥐는 습관이 사라졌고 자연스레 흉터도 없어졌다. 평생 못 고칠 줄 알았던 습관 하나가 소리도 없이 사라진 것이다. 그것을 깨닫자 일종의 책임감이 느껴졌다. 어린 공효는 지금의 공효가 잊은 상처를 지나고 있는 아이였다.

"뭐 그리는 중이야?"

어린 공효는 역시나 입을 열지 않았다.

"내가 알아맞혀 볼까?"

공효가 입소리를 내며 고민에 빠졌다. 어린 공효의 손이 느려졌다. 공효는 이 문제의 답을 알고 있다. 공효는 조그맣고 까만 점박이 그림을 바라보며 말했다.

"토성의 고리 위를 달리고 있는 얼룩말이야. 얼룩말은 엉덩이에 하트 모양 점이 있어. 그리고 가만 보자, 자세히 보니 머리띠를 했네. 다른 애들은 얼룩말이 못나고 이상해서 혼자 달린다고 생각하지만 얼룩말은 행복해하고 있어. 얼룩말은 혼자인 걸 꽤 즐기거든."

어린 공효가 입술에 힘을 주었다. 웃음을 참으려는 습관이었다. 지솔이 자신을 욕하고 다녀도 미워하지 못한 이유가 떠올랐다. 지솔은 그냥 싫다고 했을지언정, 공효가 공상과 망상에 빠져 헛소리해댄다고 말하지 않았다. 그리고 초등학교를 졸업할 때까지 공효가 만들어 주었던 드레스 입은 외계인 인형을 가방에서 떼지 않았다. 한동안 지솔이 피치

못할 임무를 받은 첩보원처럼 느껴지기도 했다. 임무가 끝나면 다시 공효와 놀 거라 믿었던 시기도 있었다. 그 임무는 결국 끝나지 않았지만.

어린 공효는 만족한 표정으로 연필을 내려놓았다. 공효가 안도의 숨을 내쉬었다.

*

공효는 일 분에 60바퀴 도는 회전의자에 앉아 아키나에게 자아 안정 테스트 마지막 단계가 얼마나 비효율적인지 토로했고, 아키나는 회전의자 버튼을 연속해서 누르며 반박했다.

─너도 우주를 나갔다 왔으니 알잖아, 우주가 어떤 공간인지.

회전의자가 멈췄다.

— 멀미가 미쳤고 잡생각이 많아지는 공간이지.

공효가 반쯤 넋이 나간 표정으로 대꾸했다. 그
러다 부족한 것 같아 한마디 더 덧붙였다.

— 잡생각이 지나치게 많이 나긴 하지만.

— 몇 개월만 나가도 그런데 몇십 년씩 나가 있
으면 어떻겠어?

아키나는 공효가 답을 알고 있다는 듯이 되물
었다.

— 이상한 생각 안 들게 하려고 별의별 놀이 기
구 다 가져가는 거 아냐? 소소하게 싸우라고 말투
싸가지 없는 인공지능도 넣고. 분쟁 나지 않게 팀
원들 가족이랑 다 같이 여행도 다녀오고, 싸웠던
인간들이랑 눈물겨운 화해도 하고. 나는 취미로 자

수까지 배웠잖아.

아키나가 다시 버튼을 눌렀다. 공효의 의자가 사정없이 돌았다. 의자가 뽑혀 날아가는 상상을 했다. 빙글빙글 돌며 천장을 뚫고 날아가는 자기 모습에 공효가 큭큭 웃었다.

—그곳에서 우리를 가장 괴롭히는 건 외로운 자기 자신이야! 네가 달래 주지 않은 너라고!

아키나가 외쳤지만, 이미 머릿속에서 빙글빙글 의자를 타고 우주까지 날아간 공효는 아키나의 말을 듣지 못했다.

한동안 수월했다. 어린 공효는 그 뒤로 군말 없이 공효의 손을 잡고 걸었다. 공효는 아까와 같은 일이 일어나지 않도록 어린 공효에게 끊임없이 말을 걸었다. 상투적인 질문이었다. 어린 공효가 고

갯짓으로 대답할 수 있는 수준의, 얕고 가벼운. 그
이상의 자세한 질문을 공효는 싫어했으니까.

하지만 공효는 잊고 있었다.

*

"안 갈래."

어린 공효가 걸음을 멈췄다.

"가기 싫어졌어. 손도 잡지 마. 그냥 혼자 가."

당장 어딘가로 떠날 것처럼 어린 공효는 공효의
손을 매정하게 놓았지만, 그 어디로도 가지 않고
우두커니 섰다.

공효는 그림을 그리겠다고 버티는 어린 공효를
맞닥뜨렸을 때보다 차분했다. 어떤 행동을 해도 그

건 결국 한때의 자신이었던 것이다.

어린 공효는 늘 예기치 못한 곳에서 마음이 상했다. 엄마가 마트에서 장을 보며 전화를 너무 오래 할 때, 옷매무새를 정리해 주며 공효의 눈을 보지 않을 때, 늦은 시간에 귀가해 공효에게 밥을 먹었느냐 묻지 않을 때, 달이 예쁜데 엄마가 앞만 보고 걸을 때, 엄마가 싱크대 앞에 서서 물을 너무 오래도록 마실 때, 쓰레기를 버리러 갔다가 한참 동안 오지 않을 때, 금방이라도 놓을 듯 힘없이 손을 잡을 때, 공효가 어깨에 기대도 몸이 목석처럼 굳어 움직이지 않을 때, 자는 공효의 뺨을 만져 주지 않을 때, 엄마가 양말 짝을 맞추지 않고 신을 때. 그럴 때, 공효는

걸음을 멈췄다.

고래고래 소리 지르고 싶은
걸 꾹 참으며, 왜 그러냐고 묻
는 엄마의 다정한 목소리에도 입도 벙긋하지 않았
다. 학부모 참관 수업에 오지 못했을 때도, 공효의
생일을 깜빡했을 때도, 소풍 도시락을 싸 주지 않
았을 때도 서운하지 않았고 오히려 엄마를 달래던
공효였는데 공통점이라고는 찾을 수 없는 어느 순
간들에 심장이 불쑥 아래로 꺼지며 그 자리에 불만
과 짜증이 차올랐다. 당장이라도 옷을 벗고 주먹으
로 제 몸을 때리며 분을 풀고 싶었다. 그렇게 해서
엄마를 당황스럽고 슬프게 만들고 싶었다. 그 마음
을 공효가 아니면 누가 알겠는가.
어린 공효도 설명할 수 없고 이해

할 수 없어 골치 아팠던 감정이었다.

공효가 어린 공효와 눈을 맞췄다.

"중력이 올라갈 때 하는 호흡법이 있어. 그거 같이 한번 해 보자."

어린 공효가 할지는 모르겠지만 공효는 아랑곳하지 않고 숨을 잔뜩 들이마셨다. 일부러 볼을 빵빵하게 부풀린 다음 숨을 참았다. 그리고 훅, 훅, 훅! 숨을 내뱉었다 들이마셨다. 삼 초 간격으로, 빠르게. 공효를 께름칙하게 바라보는 어린 공효에도 굴하지 않고, 따라 할 때까지 반복했다. 어린 공효는 몰랐겠지만 공효는 안다. 무엇을 원했던 건지. 왜 그때마다 분노에 가까운 화가 치밀어 올랐는지.

아무런 준비 없이 엄마의 외로움을 보았던 거다. 그게 외로운 사람이 짓는 표정과 정적이라는 걸 모른 채로 그 마음의 중력을 온몸으로 받아 버린 거지. 소리를 지르고 싶었던 건 정신을 잃지 않기 위해서였으리라. 살기 위해 어린 공효의 몸이 발악했던 거다.

공효는 멈추지 않고 호흡했다. 어린 공효가 조금씩 공효를 따라 숨을 훅, 후욱, 후우욱, 훅, 내뱉기 시작했다. 한동안 두 사람은 마주 보고 서서 기절하지 않기 위해, 중력에 짓눌리지 않기 위해 숨을 쉬었다.

"이렇게 하는 거야, 소리를 지르고 싶을 때는. 알겠어? 그럼 네가 이기는 거야."

"뭐를?"

"뭐든. 중력도 이기는데 뭘 못 이기겠어?"

어린 공효가 공효의 머리를 쓰다듬었다. 공효는

그 행동이 당황스러워 아무 말도 하지 못했다.

"너 똑똑해졌네."

"내가 누군지 아는구나?"

어린 공효가 공효의 왼쪽 볼을 손으로 쿡 찍었다.

"점. 똑같아."

그리고 곧장 물었다.

"진짜로 그렇게 다 이겼어?"

씩씩하게 고개를 끄덕이던 공효가 다급히 말을
덧붙였다.

"너니까 하는 말인데, 가끔 져. 줄행랑도 쳐. 근
데 대체로 이겨."

어린 공효가 입을 틀어막고 어깨를 들썩이며 웃
었다. 공효는 지금도 비밀을 좋아했다. 특히 남들
이 공효에게만 해 주는 이야기에는 환장하며 달려

들었다. 비밀을 좋아하지 않는 사람이 존재하는지는 알 수 없지만.

"이제 다시 갈 마음이 생겼어?"

해발 고도 3,914미터의 카라쿠리호. 그곳에 어린 공효와 도착하는 것이 공효의 임무였다.

"검은 호수라는 뜻이야. 근데 호수는 없어. 예전에는 만년설 봉우리들로 둘러싸인 검푸른 호수가 있었는데, 지금은 다 말랐거든. 근데 메마른 호수도 꽤 멋있어. 같이 보러 가자."

어린 공효는 구미가 당기는 듯, 아랫입술을 윗니로 잘근잘근 물었다. 그러다 결심한 듯 공효에게 가까이 오라고 손짓했다. 비밀 이야기를 해 주려는 것이다. 공효가 귀를 들이밀자 어린 공효가 속삭였다.

"저기 거미가 있잖아."

*

　──공효는 뭘 무서워했어?

　자아 안정 테스트를 먼저 마친 아키나가 뜬금없이 물었다. 질문이 갑작스러웠다. 웬만한 훈련도 곧잘 해내는 모습을 가까이에서 지켜봤으니 아키나도 공효의 담력이 높다는 걸 알고 있을 터였다. 공효는 무서운 게 없다고 자신 있게 말했다. 허세는 아니었다. 공효는 그렇다고, 정말로 무서운 게 하나도 없다고, 굳게 믿고 있었다. 아키나는 공효의 말을 건성으로 들었다. 못 믿는다기보다 공효의 바보 같음을 귀엽게 보는 듯한 눈치였다.

―나는 할아버지를 무서워했어.

아키나에게서 할아버지 이야기를 들은 건 그날이 처음이었다.

　―할아버지가 되게 엄한 분이었거든. 집에서 뛰는 것도, 식탁에 숟가락을 소리 내며 내려놓는 것도, 부모님한테 칭얼거리는 것도 용납 못 했던 인간이야. 밥상머리 예절 지키느라 눈치 보면서 먹었더니 나 아직도 밥 먹을 때 주변 곁눈질 많이 하잖아. 알지?

공효가 고개를 끄덕였다. 밥 먹으며 아키나와 눈이 마주치는 건 일상적인 일이었다.

　―할아버지가 나오더라. 집에서 만날 입던 베이지색 조끼까지 입고. 아우, 정말 징글징글했어.

공효는 그때의 아키나를 떠올리며, 그리고 두

사람 앞에 등장한 손바닥만 한 타란툴라를 보며 생각했다.

'맞아. 아키나, 나는 거미를 무서워했어.'

초등학생 때 노을을 바라보며 복도에 서 있었는데, 윗층 계단에서 검고 작은 무언가가 홀로 내려오는 것이 보였다. 그것은 서 있는 공효를 보고 움직임을 멈췄다. 거리가 꽤 멀었는데도 공효는 계단에서 자신을 바라보던 타란툴라의 검은 눈동자를 보았다. 나중에야 그것이 윗층에서 이틀 전 잃어버린 반려 거미라는 것을 알았지만, 그 당시 공효에게는 갑자기 나타난 괴수였다. 그것은 점점 커지는 것 같았고, 그렇게 금방이라도 공효에게 달려들 것만 같았다. 타란툴라보다 내가 스무 배는 더 크지만 꼼짝없이 당하리라. 무서워서 숨조차 쉬지 못했

다. 소리 없는 눈물만 흘리며 그렇게 십 분 넘도록 타란툴라를 마주했다.

그때 느꼈던 공포는 공효에게 트라우마를 남겼다. 사진에서조차 거미를 제대로 바라볼 수 없었다. 거미만 보면 계단에서 자신을 보던 그 검은 눈동자가 떠올랐다. 공효가 거미를 무서워하지 않게 된 것은 독립한 뒤였다. 혼자 살면 벌레를 잡아야 했고, 집에 나타나는 벌레 중 상당수가 거미였다. 흰 거미였다가, 몸통이 작고 다리가 아주 가늘고 긴 것이었다가, 가끔은 먼지처럼 작은 거미가 나타나기도 했다. 휴지를 돌돌 말아 그것들을 꾹, 눌러 죽이다 보니 어느 순간 타란툴라의 눈이 떠오르지 않았다. 공효는 그렇게 유년 시절 가장 두려워했던

것을 죽였다. 어린 공효
는 모르겠지만.

그것은 도로에 멈춰 서
서 그때처럼 두 공효를 쳐다
보았다. 어린 공효가 큰 공효의 손을
꽉 붙잡고 떨었다. 공효의 눈에 손바닥만 한 타란
툴라는 드넓은 땅 위의 작은 돌멩이 같았다. 가볍
게 뛰어넘을 수 있는. 하지만 그것을 마냥 괜찮다
고, 무섭지 않다고 말할 수 없는 것이 공효였다. 거
미의 다리만 보아도 몸이 뻣뻣하게 굳던 공포를 어
떻게 잊겠는가.

"업어 줄까? 너는 눈 꼭 감고 있어. 후다닥 지나
갈게."

어린 공효에게 물었다.

"공격할 거야. 지나갈 때."

"아니야. 내가 더 커서 괜찮아. 공격하면 발로 차 버릴게."

"너보다 더 크잖아."

어린 공효가 거미를 가리키며 물었다. 그게 무슨 소리냐고, 내 손바닥만 하다고 당당히 말하며 고개를 돌렸던 공효는 집채만큼 커진 타란툴라를 보았다. 구슬 같은 검은 눈알에 두 공효의 모습이 빼곡하게 담겼다. 공효가 눈을 질끈 감았다. 숨이 막혔고 식은땀이 났다. 공포가 공효 안에서 탱탱볼처럼 마구잡이로 튀어 올랐다.

죽은 줄 알았던 공포가 실은 아주 작아져 있었을 뿐이라는 걸, 공효는 계단에서 타란툴라를 처음 마주했을 때처럼 몸을 덮쳐 오는 두려움을 느끼며 깨달았다. 이래 놓고 무서운 게 없다고 떵떵거렸다니. 그때 공효의 손을 꽉 붙잡는 어린 공효의 손이 없었다면, 중도 포기를 외쳤을 거다.

노력해도 되지 않는 것들은 매달리기보다 포기하는 게 낫다고 생각했다. 여기서 말하는 노력해도 되지 않는 것들이란, 기록이나 시험 통과가 아니라 엄마의 기일이 오면 찾아오는 무기력함, 예고도 없이 밀어닥치는 자기혐오, 앞으로는 정말 아무것도 할 수 없을 거라는 확신 따위였다. 그런 기분이 들 때마다 공효는 도망쳤다. 무엇이 문제인지, 무엇을 직면해야 하는지, 무엇을 감싸야 하는지 생각하지 않았다. 천천히 짚기에는 삶이 너무 바빴다. 공효는 해야 할 게 많았다. 당장 눈앞의 것들을 잘 해

내면 더 좋은 방향으로 나아가리라 믿었다. 시간이 지나면 모든 것이 알아서 사라질 거라고. 하지만 그런 믿음은 틀렸다. 외면한다고 사라지지 않는다. 정말로 죽여야 할 때가 온 것이다.

어린 공효가 두 눈을 감은 채 공효의 등 뒤로 숨었다. 그러고는 당장 돌아가자는 듯이 공효의 옷자락을 붙잡아 당겼다. 공효가 뒤돌아 어린 공효의 어깨를 붙잡았다.

"저거, 같이 없애자."

어린 공효가 고개를 저었다.

"지금 안 없애면 또 나타날걸?"

실눈 뜨듯 한쪽 눈을 살며시 뜨며 어린 공효가 대꾸했다.

"거미 무서워했잖아. 지금은 안 무서워?"

"무서워. 근데 옛날만큼 무섭지는 않아. 싸우면 이길 수 있을 것 같기도 해."

"왜?"

"거미보다 무서운 게 많아져서."

"……잘됐다."

어린 공효의 반응에 공효가 웃음을 터뜨렸다.

"뭐가 잘돼? 무서운 게 더 많아졌다니까?"

"나는 평생 저 거미를 못 넘을 텐데 너는 그걸 해낸 거잖아."

"내가 있잖아. 나는 할 수 있어. 내가 할 수 있으니까 너도 할 수 있는 거야."

"하지만 저걸 어떻게 없애? 저렇게 큰데."

"저렇게 말도 안 되게 큰 타란툴라가 갑자기 나타났다면 분명 타란툴라를 없앨 수 있는 무기도 나타날 거야."

"진짜?"

"진짜로. 세상에는 그런 이상한 법칙이 있거든. 내가 튕겨 나간 반동만큼 날아오를 수 있고, 두려운 만큼 그걸 물리칠 수 있는 요술봉이 생기는. 아, 우리한테는 검이 생기겠다. 검 쓰는 캐릭터 좋아했으니까."

공효는 검을 찾는 척 주변을 살폈고, 거짓말처럼 공효의 등 뒤에 검 두 자루가 놓여 있었다. 공효는 한 자루를 어린 공효의 손에 쥐여 주었다. 전략이라고 해 봤자 공효는 왼쪽 다리를, 어린 공효는 오른쪽 다리를 잘라 무너뜨린 뒤 타란툴라의 머리에 두 검을 꽂자는 게 다였다. 어린 공효는 못마땅한 표정을 지었다가, 이내 결심한 듯 검 손잡이를

꽉 쥐고 두 눈을 감았다. 그리고 조금씩 몸을 틀어 타란툴라를 마주했다. 셋에 함께 뛰기로 했다. 공효는 어린 공효가 뛰지 못할 거라 생각했고, 그래도 괜찮았지만 어린 공효는 공효의 우렁찬 "셋!"과 함께 망설이지 않고 뛰었다.

공효는 어린 공효에게 해 주고 싶은 말이 생겼다. 네가 우주 비행사를 꿈꾸게 된 건 중학생 때인데, 학교에서 단체로 우주 정거장에 견학 갔을 때다. 우주에 나가기 전에 무중력 비행 훈련을 받았고, 수중 압력 테스트를 거쳤다. 회전의자에 앉기도 했으며 폐쇄된 공간을 견디는 테스트도 했다. 거기서 공효가 일 등을 했다. 현역 우주 비행사가 공효에게 상장을 주며, 이 상은 가장 강하고 용기 있는 사람에게 주는 상이라고 말했다. 하지만 이걸 말하면 공효가 그 순간 느꼈던 감정을 어린 공효가 느끼지 못할 수도 있으므로 공효는 말을 눌러 삼켰다. 그때 공효는 자신이 처음으로 자랑스러웠다. 그곳에서 불리는 이름이 좋았고, 꼿꼿하게 서 있는 몸도 사랑스러웠다. 이런 자신이라면, 조금 더 오래 함께할 수 있을 것 같았다.

타란튤라는 풍선처럼 터졌다. 그 안에 들어 있던 오색 빛깔 종잇조각이 하늘에 퍼졌다. 두 사람은 흩날리는 종이를 황홀하게 바라보았다.

"내가 어쩌다 우주 비행사가 됐는지 안 궁금해?"

격앙된 목소리로 공효가 물었다. 알려 주지는 않겠지만 어린 공효의 생각이 궁금했다.

"응. 안 궁금해."

어린 공효는 그렇게 말하고는 곧바로 덧붙였다.

"사실 궁금한데 알려 주지 마. 나 몰라도 돼! 그게 더 재미있어. 알면 시시해."

펙 공효다운 말이었다.

*

—네 어린 시절은 어땠는데? 무서운 할아버지나 불쾌한 이웃은 없었어?

아키나가 자신의 이야기를 마치고 물었다. 드라마틱한 에피소드나 캐릭터의 소개를 기대하는 것 같았지만 미안하게도 공효는 딱히 해 줄 이야기가 없었다. 조부모들은 양가 모두 공효가 태어나기 전에 부모님과 연이 끊겼다. 외가 쪽은 일찍 돌아가셨고 친가 쪽은 결혼식에도 오지 않았다고 했다.

아빠 장례식에는 왔었으려나. 그건 아무도 말해 주지 않아서 모르지만, 그런 이유로 공효에게는 조부모에 대한 기억도, 아빠에 대한 기억도 없이 오직 엄마뿐이었다.

공효의 시선에 담기는 엄마는 언제나 혼자 서 있었다. 혼자가 아닐 때는 지하철 스크린 도어에 비친, 공효와 나란히 서 있는 모습이 전부였다. 차라리 아키나처럼 무서운 할아버지라도 있길 바랐다고 말하면 이기적인 일일까. 공효가 숨을 죽이면 곧장 적막해지는 붉은 집. 그런 것만이 기억났다. 깊은 숨. 몸의 숨을 전부 빼내려는 듯한, 그렇게 죽어 버릴 것 같은 숨. 엄마가 내뱉는 모든 숨들이 흩어지지 않고 집에 깔렸다.

— 그걸 좀 빨리 알았던 거 같아.

―뭐를?

　　―사람은 외롭다는 거. 내가 곁에 있어도 엄마
는 외롭다는 거.

　　―…….

　　―나도 저렇게 될 거라는 거.

　　―그렇게 됐어?

　　아키나의 물음에 공효는 미소 지을 뿐이었지만,
아키나는 답을 안다는 듯 공효를 끌어안았다. 공효
의 가슴에 귀를 대고, 심장 소리를 들으며 말했다.

　　―이 안에 있구나. 잘 만나고 와. 그리고 한 번
은 꼭 끌어안아 주어야 해.

　　아키나가 끌어안으라던 게 엄마인 줄만 알았다.
공효 안에서 계속 문제를 일으키며 한숨으로 몸을
무겁게 만드는 것이. 하지만 조각난 노을이 걸린

아파트 복도에 선 순간, 그 모든 한숨의 범인은 엄마가 아니라 엄마의 숨을 따라 쉬던 어린 공효였음을 알았다.

*

공효의 손을 꼭 잡고 걸으며, 어린 공효가 물었다.

"왜 나를 만나? 그게 왜 필요해?"

"우주에 간다는 건 우주에 갇힌다는 거니까."

"우주는 넓잖아. 근데 어떻게 갇혀?"

"아주아주 넓어서 출구가 없다는 건 갇힌 거랑 똑같아. 나갈 수가 없잖아."

"그럼 갇힌 거랑 나를 만나는 건 무슨 상관이야?"

"네가 자꾸 말을 걸까 봐 그런가 봐."

"내가? 내 목소리를 들은 적 있어?"

공효는 한동안 말없이 걸었다. 그러다 조각난 노을을 보았다. 하늘은 여전히 맑았고, 구름은 그려 놓은 듯한데 어디선가 뻗어 온 노을이 카펫처럼 도로에 깔렸다. 아파트 복도에서 처음 타란툴라를 만났을 때처럼 어린 공효가 우뚝 걸음을 멈췄다. 다른 것이 있다면 어린 공효가 무서워하지 않는다는 점이었다.

"들은 적 있어, 자주. 그게 네 목소리인 줄은 몰랐는데 이제 알겠다. 그렇게 울며 나를 부른 사람이 너 맞지?"

어린 공효는 부정하지 않고 고개를 끄덕였다.

"여기는 나 혼자야."

그렇다면 너는 왜 나와 함께 자라지 않았느냐

고, 그 수많은 공효 중 왜 너만 자라지 않고 이렇게 떠돌고 있느냐고 묻고 싶었다. 그냥 같이 자라지. 그때가 뭐가 좋다고 자라지 않고 있을까.

어린 공효가 공효의 손을 두 손으로 붙잡고 칭얼거렸다.

"외로워. 가지 마. 나랑 있자. 우주는 더 넓고 혼자잖아."

"너도 같이 가도 돼."

어린 공효가 고개를 저으며 대답했다.

"내가 없으면 너는 안 돼."

"그래?"

"응. 나는 네가 보는 시선의 처음이고, 네가 느끼는 감정의 중심이고, 네가 선택하는 모든 순간의 기준이야. 내가 없으면 너는 안이 텅 빌 거야. 그럼 바람에 훅 날아가 버려."

"하지만……."

"……."

"너는 내가 가장 외로웠던 시절의 덩어리인걸."

공효의 말에 어린 공효는 삐진 것처럼 입을 꾹 다물고 공효를 노려보았다. 공효는 자리에 주저앉아 어린 공효의 머리카락을 넘겨 주었다. 엄마는 손재주가 없어서 머리를 예쁘게 땋는 법을 몰랐다. 그래서 항상 양 갈래로만 묶어 줬다. 그게 엄마가 해 줄 수 있는 가장 예쁜 머리였다.

"머리 땋아 줄까?"

어린 공효가 고개를 끄덕였다. 공효는 조각난 노을을 앞에 두고 도로에 주저앉아 어린 공효의 머리를 땋았다. 머리를 다 땋은 뒤, 어린 공효를 끌어안았다.

"다녀올게, 우주가 얼마나 대단한지 보러."

"내가 여기 있어도 괜찮아?"

"응. 심심하면 자주 불러. 그리고 내가 보는 모든 것의 처음에 서서 너도 같이 지켜봐. 내가 어디까지 가나."

"내가 밉지 않아? 나는 여기서 너를 엄청 괴롭히는데."

하지만 어린 공효의 말대로, 어린 공효가 없다면 공효는 바람에 날아갈 것이다. 모든 선택의 기준에 어린 공효가 있었다. 깊이 잠수하며 숨을 힘껏 참은 것도, 무중력 공간에서 기뻤던 것도, 출구 없는 우주로 나아가고 싶었던 것도, 좁은 복도에서 하늘을 노려보던 어린 공효가 있었기에 가능

했다.

"나는 너를 좋아해, 공효야. 시간이 오래 걸렸지만 너를 너무 좋아한단다."

어린 공효는 그제야 공효를 두 팔로 끌어안았다.

조각난 노을을 밟고, 도로를 걷고 또 걸어 어린 공효와 함께 메마른 호수에 도착했다. 하늘이 갈라지며 익숙한 연구실 천장이 보였다. 어린 공효에게 인사를 하기 위해 고개를 돌렸을 때 어린 공효는 이미 사라진 후였다. 어디선가 바람 같은, 무겁고 축축한 한숨만 느껴졌다.

테스트를 마치고 공효는 기다리고 있던 아키나를 끌어안았다. 잘했다는 아키나의 말을 들으며, 공효는 내내 참았던 울음을 터뜨렸다. 아무리 시간이 흘러도 어린 공효는 그곳에 있을 것이다. 공효와의 약속을 지키기 위해 꾹 참으며, 외롭게 있을 것이다.

영원히 사라지지 않겠지만, 공효는 이제 어린 공효를 끌어안는 법을 안다.

작
가
의
말

천선란

모두가 각자 품고 있는 그 노을을,
무사히 건너 어른이 되기를 바랍니다.

소설의
첫만남 **30**

노을 건너기

초판 1쇄 발행 | 2023년 8월 18일
초판 2쇄 발행 | 2023년 8월 25일

지은이 | 천선란
그린이 | 리툰
펴낸이 | 강일우
책임편집 | 구본슬
펴낸곳 | (주)창비
등록 | 1986년 8월 5일 제85호
주소 | 10881 경기도 파주시 회동길 184
전화 | 031-955-3333
팩스 | 영업 031-955-3399 편집 031-955-3400
홈페이지 | www.changbi.com
전자우편 | ya@changbi.com